Abc

Einladung zum Selberlesen

Liebe Eltern,

Sie haben Ihrem Kind Bücher vorgelesen? Sehr gut. Sie werden dies auch weiterhin tun? Um so besser. Aber wenn Ihr Kind einmal hinter das Geheimnis der Buchstaben gekommen ist, will es auch selber lesen. Es möchte erleben, wie beim Lesen eine spannende, lustige oder traurige Geschichte in ihm entsteht. Das ist gar nicht so einfach. Es dauert lange, bis ein Kind gut und gern liest.

Was es am Anfang braucht?
Ein ganzes Buch, das zum Lesen verlockt.
Ein Buch, das es beim Lesen nicht überfordert.
Ein Buch
* mit kurzen Geschichten
* mit einer genügend großen Schrift
* mit kurzen, überschaubaren Zeilen
* in einer verständlichen Sprache
* mit Bildern, die helfen den Sinn zu erfassen.

Bücher, die diesen Anforderungen gerecht werden, fördern das Abenteuer Lesen und machen Lust aufs nächste Buch.

Prof. Dr. Manfred Wespel,
lesedidaktischer Berater des
KÄNGURU-Programms

Marliese Arold

Kleine Vampirgeschichten

Mit Bildern
von Marlis Scharff-Kniemeyer

arsEdition

Die Deutsche Bibliothek – CIP-Einheitsaufnahme

Kleine Vampirgeschichten / Marliese Arold ; Marlis Scharff-Kniemeyer. - München : Ars-Ed., 1999
(Känguru : Erste Geschichten zum Selberlesen)
ISBN 3-7607-3798-6

Lesedidaktische Beratung: Prof. Dr. Manfred Wespel
Nach den Regeln der neuen Rechtschreibung

Gedruckt auf umweltfreundlichem Papier ohne Chlorbleiche

Ausstattung und Herstellung: arsEdition, München
Titelbild und Innenillustrationen: Marlis Scharff-Kniemeyer
Titelvignette: Carola Holland
Einbandkonzeption: Ralph Bittner
Druck und Bindung: Westermann Druck Zwickau GmbH
Printed in Germany · ISBN 3-7607-3798-6

Inhalt

Der Störenfried

Rufus, der winzig kleine Vampir,
hat nur Unsinn im Kopf.
Heute Nacht ist es
wieder spät geworden.
Rufus hat sich verflogen.

Er surrt
durch ein offenes Fenster
und landet in einem Schrank.
Rufus ist so müde,
dass er sofort einschläft.

Am nächsten Morgen
wundert sich Rufus
über den Lärm.
Er lugt durch eine Ritze.

Na so was!
Ein Zimmer voll mit Kindern.
Das ist wohl eine Schule!

Schon wird es leise.
Die Lehrerin steht neben dem Pult.
Sie malt ein großes O
an die Tafel
und fragt:
„Wer kennt ein Wort,
das mit O anfängt?“

„Ofen, Orgel,
Oma, Otto“,
rufen die Kinder.

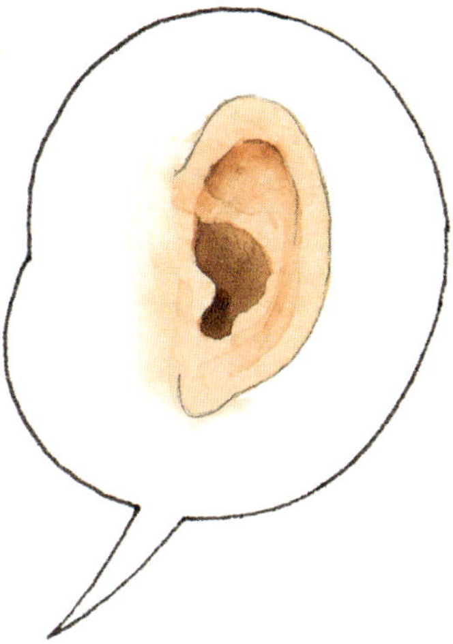

Rufus findet es bald langweilig.
„Es soll lustiger werden!“,
denkt er und pfeift.
Ein Vampir-Pfiff
wirkt Wunder!

Die Lehrerin stellt sich
auf das Pult.
Dann fängt sie an
Witze zu erzählen.
Von Otto, dem Ober-Orang-Utan,
der ganz frech alles klaute.
Und wie die Oma auf dem Markt
Ohrfeigen kaufen wollte.

Die Kinder lachen laut.
Rufus lacht mit.
Plumps, da fällt er
aus dem Schrank!
Zappelnd liegt Rufus
am Boden.

„Was ist das?“,
schreit ein Junge.
Eine Hand greift nach Rufus.
Schnell fliegt er auf die Tafel.

„Was ist das?“, schreien alle.
„Eine Fledermaus?“
„Nein, ein Vampir!“
„Fangt ihn!“, ruft ein Mädchen.
Rufus entdeckt ein offenes Fenster.
O weh, mitten ins Sonnenlicht!
Macht nichts, Hauptsache weg!

Rufus landet mitten im Kirschbaum.
Ein gutes Versteck!
Und so schön schattig.
Hier wird Rufus bleiben,
bis es dunkel wird.

Entführt!

Professor Löwenburg
will einen Vampir fangen
und ihn erforschen.
Dann will er darüber
ein kluges Buch schreiben.
„Heute Nacht
kriegen wir den Vampir“,
sagt Professor Löwenburg.

Mit seinem Helfer Gustav
legt er sich auf die Lauer.
Die beiden haben
eine Vampirfalle gebaut.
Jetzt müssen sie
nur noch warten.

Nach Sonnenuntergang
steigt Vampir Bodowin
aus seinem Sarg.

Er reckt und streckt sich.
Puh, wie steif
seine Glieder sind!
In der Gruft ist es
immer so kalt.
Aber Sport hilft!

„Vollmond, prima!“,
sagt Bodowin und rennt los.
„Da macht das Laufen
wenigstens Spaß!“
Sein Umhang weht
hinter ihm her.

Bodowin läuft
von der Burgruine
bis zur Brücke.
Wie immer stoppt er
dabei die Zeit.
Ob er schneller ist
als letzte Woche?

Als Bodowin
auf seine Uhr schaut,
fällt ein Netz herab.
Gefangen!

„Hurra, wir haben ihn“,
schreit Professor Löwenburg.

Gemeinsam mit Gustav
schleppt er den Vampir
in seine Villa.

Bodowin zappelt im Netz,
aber es hilft ihm nichts.
Zu Hause stellt der Professor
dem Vampir lauter Fragen.
„Wie alt bist du?
Wo wohnst du?
Was ist dein Hobby?“
Gustav schreibt eifrig
alle Antworten mit.
Sehr interessant!

Von Spinat
wird dem Vampir schlecht.
Milch kann er nicht leiden.
Vor Sonnenlicht
hat er Angst.

Endlich lassen die beiden
den Vampir in Ruhe.
Bodowin ist traurig.
Er will in seine Gruft zurück.
Aber die Tür
ist abgesperrt!
Was nun?

Bodowin schaut
nach oben.
Dort ist ein kleines Fenster.
Der Vampir lächelt.
Er breitet die Arme aus.
Schon fängt er an zu schrumpfen.
Seine Arme werden Flügel.

Dann fliegt er als Fledermaus
zum Fenster hinaus.

Als die beiden Forscher
zurückkommen,
ist der Raum leer.
Sie suchen überall,
aber den Vampir
finden sie nirgends.

Professor Löwenburg ärgert sich.
„Zu dumm!
Wie konnte er uns
bloß entwischen?"

So süß und rot!

Neben dem alten Friedhof
steht ein neuer Getränkemarkt.
Elena, das Vampirmädchen,
ist neugierig.
Die vielen Flaschen
interessieren sie sehr.

Geschickt klaut Elena
dem Nachtwächter den Schlüssel.
Sie schleicht heimlich
in den Markt hinein.
Sie kostet mal hier
und schleckt mal da.

Bald hat sie herausgefunden,
was ganz lecker schmeckt:
Granatapfel-Saft.
So süß und rot!

Von nun an
kennt Elena jede Nacht
nur noch ein Ziel:
Das Regal mit den roten Flaschen!

Die Vampir-Freundinnen
sind fast verzweifelt.
„Warum unternimmst du
nichts mehr mit uns?“,
wollen sie wissen.
„Keine Lust“,
sagt Elena.

„Im neuen Friedhof
findet ein Fest statt“,
erzählt Vera.
„Willst du nicht hingehen?“

„Ich habe schon
etwas anderes vor“,
sagt Elena
geheimnisvoll.

„Du machst
gar nichts mehr mit“,
beschwert sich
ihr Freund Victor.
„Kein Fußball,
kein Versteckspiel.
Stinkfaul bist du geworden!“

„Und wennschon“,
seufzt Elena.
„Lasst mich doch in Ruhe.“
Sie wartet,
bis die anderen Vampire fort sind.
Erst dann klettert sie
über die Mauer.

Oh, wenn die Freunde wüssten,
wie herrlich
der Granatapfel-Saft schmeckt!
Aber Elena wird es ihnen
nicht verraten!

Wie jeden Morgen will Elena
in ihren Sarg zurückklettern.
Aber was ist das?
Sie passt nicht mehr hinein.
Links und rechts
klemmt sie einfach fest!

„Das kommt
von deiner
Faulheit!“,
ruft Victor.
„Du bist zu dick geworden!“
Zu dick?
Elena kriegt einen Schreck.
Tatsächlich! O weh!

Von nun an unternimmt
Elena wieder Ausflüge
mit den anderen Vampiren.

Sie spielt Fußball,
tanzt auf Vampir-Festen
und versteckt sich
hinter den Grabsteinen.

Und Granatapfel-Saft
trinkt sie nur noch
am Wochenende!

Nächtlicher Besuch

Eva fürchtet sich vor Vampiren.
Mama muss jede Nacht
das Fenster schließen.
Sie muss Knoblauch aufhängen.
Denn Knoblauch schützt
vor Vampiren.

„Vampire gibt es nicht“,
sagt Mama.
„Doch“, behauptet Eva.
„Sie sind groß und dürr,
ganz bleich
und schrecklich gefährlich.“

In einer Regen-Nacht
klopft es ans Fenster.
Eva springt aus dem Bett.
Vor dem Fenster
steht ein Mädchen.

Es ist so alt wie Eva.
„Lass mich rein“,
bittet das Mädchen.
„Ich bin ganz nass
und mir ist kalt.“

Eva öffnet das Fenster.
Das Mädchen
steigt ins Zimmer.
„Hallo, ich bin Jana“,
sagt es.
„Du hast mich
vielleicht erschreckt“,
antwortet Eva.
„Was machst du denn
nachts draußen?
Noch dazu
im Regen?“

„Nur ein kleiner Ausflug“,
meint Jana.
Sie schaut sich
neugierig um.
„Igitt, Knoblauch!
Tu ihn weg.
Sonst riecht
mein Umhang
danach.“

Eva hängt den Knoblauch ab
und legt Janas Umhang
auf die Heizung.
Sie freut sich über
den Besuch.

Dann spielen sie zusammen:
Mikado und Halma,
Mühle und Dame.

Eva merkt gar nicht,
wie die Zeit vergeht.
Plötzlich schaut Jana
auf die Uhr.
„O weh, schon so spät!
Ich muss weiter.
Onkel Leo hat Geburtstag.
Ich bin eingeladen.“

„Mitten
in der Nacht?“,
wundert sich Eva.
„Wann denn sonst?“,
fragt Jana.
„Sonnenlicht mag ich
wirklich nicht!“

Eva steht da
mit offenem Mund.
Jana nimmt
ihren trockenen Umhang
von der Heizung.

Sie klettert aufs Fenster
und winkt.
„Es hat aufgehört zu regnen.
Machs gut!
Es war nett bei dir.“

„Und niemand
will mir glauben,
dass es doch
Vampire gibt!“,
seufzt Eva.

KÄNGURU Lesestufen-Modell

So macht Lesenlernen richtig Spaß – mit Büchern, die auf die unterschiedlichen Lernphasen zugeschnitten sind: 5 Lernschritte, 5 Buch-Reihen. »Kinder werden dann zu begeisterten Lesern, wenn Buch und Lese-entwicklung zusammenpassen.«

Prof. Dr. Manfred Wespel, lesedidaktischer Berater des KÄNGURU-Programms

»Mit Comics lesen lernen«

2. Lesestufe ab 6 Jahre

- jeweils eine kurze Geschichte für Leseanfänger
- mit frechen und witzigen Comic-Elementen
- leicht lesbare Fibelschrift

»Mit Bildern lesen lernen«

1. Lesestufe ab 5 Jahre

- kurze lustige Geschichten mit einfachem Text
- Bilder ersetzen Namenwörter
- sehr große Fibelschrift
- fünf doppelseitige Suchbilder

»Kinderroman« und »Krimi-Abenteuer«

5. Lesestufe
ab 10 Jahre

- jeweils ein längerer packender Roman für begeisterte »Leseprofis«
- eingestreute Schwarzweiß-Illustrationen

»Leseabenteuer in Farbe«

4. Lesestufe
ab 8 Jahre

- jeweils eine längere spannende Geschichte
- viele farbige Illustrationen
- große Schrift

»Erste Geschichten zum Selberlesen«

3. Lesestufe
ab 7 Jahre

- mehrere kurze Geschichten zu einem Thema
- klare Textgliederung als Lesehilfe
- große Fibelschrift
- viele farbige Illustrationen